Fröhliche Weihnacht

Einladungen (und Ausladungen) zur Weihnachtsfeier

Kerstin Schweiger

Kerstin Schweiger

Fröhliche Weihnacht

Einladungen (und Ausladungen) zur Weihnachtsfeier

FSC
www.fsc.org
MIX
Papier aus verantwortungsvollen Quellen
Paper from responsible sources
FSC® C105338

Bibliografische Information der Deutschen Nationalbibliothek:
Die Deutsche Nationalbibliothek verzeichnet diese Publikation in der Deutschen Nationalbibliografie; detaillierte bibliografische Daten sind im Internet über http://dnb.dnb.de abrufbar.

Verlag:

BoD · Books on Demand GmbH, In de Tarpen 42,

22848 Norderstedt

Druck:

Libri Plureos GmbH, Friedensallee 273,

22763 Hamburg

ISBN: 978-3-7597-6727-1

Oktober 2024

Die politische Lage ist ein bissl mies. Milde ausgedrückt.

Aber, wenn die alle, die das jetzt vielleicht schon versuchen, daran nichts ändern können. Was kann ich dann tun?

Mhm.

Was hilft der Stimmung um diese Jahreszeit?

Na klar, eine Weihnachtsfeier!

Dann laden wir mal ein…

Sehr geehrter Herr Andreas Scheuer,

heute falle ich direkt „mit der Tür ins Haus", wie man so schön sagt! Ich möchte Sie zu meiner Weihnachtsfeier einladen!

Ganz genau, Sie haben richtig gelesen. Bei meiner Weihnachtsfeier unter dem Motto „Fröhliche Weihnacht überall – funktioniert nur mit Toleranz, Offenheit, Vielfalt und Demokratie" hätte ich Sie sehr gerne als Gast!

Jetzt ist's aber so… Ich würde Sie bitten, etwas mitzubringen. Jaja, das macht man nicht, ich weiß. Aber es wäre wichtig.

Ich habe da letztens zufällig so einen Artikel gelesen, der war 2023 auf der Seite der Tagesschau. Und da stand jetzt folgender Satz: „Die geplatzte Pkw-Maut kostete den Bund 243 Millionen Euro – es wurden deshalb Regressforderungen gegen Ex-Verkehrsminister Scheuer geprüft. Doch das Ministerium entschied nun, nicht gegen Scheuer zu klagen."

Und… ich will ja jetzt wirklich nicht kleinlich sein. Und ich will mich ja auch nicht über solche, sicherlich gut überlegten Entscheidungen hinwegsetzen. Aber bei dem ganzen Geld… da ist ein bissl was von mir dabei. Also jetzt nicht so viel, weil ich verdien nicht so viel wie viele andere. Aber es ist schon ein bissl was.

Und, natürlich akzeptiere ich das, wenn die Tagesschau schreibt „Bund verzichtet auf Klage gegen Scheuer". Logisch, was bliebe mir denn anderes übrig. Aber, wenn man es jetzt konkret sieht. Also… meinen Anteil hätte ich schon gern wieder. Weil ich würd gern was Sinnvolles machen mit dem Geld.

Irgendwas (!), was sinnvoller ist, als jetzt einen Rechtsstreit zu finanzieren, der für alle Beteiligten absolut vorhersehbar gewesen wäre, der aber offensichtlich an dem Ego eines Mannes (kleiner Hinweis: Sie) entflammt wurde, der sich wirklich (!) im Januar 2020 zu Markus Lanz in eine deutsche Talksendung setzt und den Satz sagt „Ich habe eine andere Rechtsauffassung als der EuGH."

Was zum…??

Na ja, so tief wollte ich eigentlich gar nicht einsteigen. Jedenfalls wäre es wunderbar, wenn Sie zu meiner Weihnachtsfeier kommen würden. Den Anteil von den 243 Millionen, der von mir stammt, lasse ich bis dahin von meinem Anwalt und dem Steuerberater berechnen, da melde ich mich dann nochmal.

Kleine Scheine bitte.

Vielen Dank und viele Grüße!

Kerstin Schweiger

(Kleiner Einwurf)

(1) Die Würde des Menschen ist unantastbar. Sie zu achten und zu schützen ist Verpflichtung aller staatlichen Gewalt.

(2) Das Deutsche Volk bekennt sich darum zu unverletzlichen und unveräußerlichen Menschenrechten als Grundlage jeder menschlichen Gemeinschaft, des Friedens und der Gerechtigkeit in der Welt.

Grundgesetz, Artikel 1

Sehr geehrter Herr Scholz,

in der Hoffnung, dass ich an diesem Tag die Gelegenheit bekomme, Ihnen einen Schwall kaltes Wasser ins Gesicht zu kippen, um Sie aus Ihrer Lethargie aufwecken zu können, möchte ich Sie herzlich zu meiner Weihnachtsfeier einladen.

Diese Regierung hat tatsächlich schon Dinge geschafft – aber irgendwie haben Sie wohl vergessen, darüber zu sprechen. Hören Sie auf, sich Themen von den Rechten diktieren zu lassen und fangen Sie bitte endlich an zu kommunizieren!

Mit schreienden Grüßen

Kerstin Schweiger

Liebes Team vom Zentrum für politische Schönheit,

es bleibt mir nur, danke zu sagen für Eure Arbeit.

Und das tue ich, in dem ich Euch zu meiner Weihnachtsfeier mit dem Motto „Fröhliche Weihnacht überall – funktioniert nur mit Toleranz, Offenheit, Vielfalt und Demokratie" einlade.

Je nach Anstandsverhalten der geladenen Gäste wird es für Euch entweder lustig oder interessant.

Mit den unterstützendsten Grüßen

Kerstin Schweiger

(Hinweis: www.politicalbeauty.de)

Sehr geehrter Herr Joachim Herrmann,

aufgrund der aktuellen politischen Lage möchte ich im Dezember eine große Weihnachtsfeier abhalten unter dem Motto „Fröhliche Weihnacht überall – funktioniert nur mit Toleranz, Offenheit, Vielfalt und Demokratie".

Nachdem ich auf meiner Einladungsliste ein paar CSU-Persönlichkeiten … sagen wir mal gut überlegt wieder wegradiert habe, sind Sie mir noch eingefallen. Ich habe nämlich letztens ein tolles Zitat von Ihnen gelesen, da war ich ganz begeistert!

BR24 hat das am Tag der Deutschen Einheit gepostet, als kleines Bildchen auf Instagram, Sie waren da drauf und daneben Ihr Satz: „Wenn die Toleranten zu lange tolerant sind gegenüber fanatisch Intoleranten, kann der Tag kommen, wo die Intoleranten die Macht übernehmen und die Toleranten gar nichts mehr zu sagen haben."

Wow – das ist ja fast schon philosophisch. Kein plumpes „mia san mia" und „do samma dahoam". Nein nein, das ist fast schon weltpolitisch.

Ich habe jetzt nur einen Fehler gemacht. Ich habe die Bildunterschrift dazu gelesen. Da steht dann: „Das gelte für Linksextremisten genauso wie für Neonazis oder Islamisten, sagte Bayerns Innenminister."

Sagt mal, ist das eigentlich immer noch euer Ernst? Nicht nur, dass Ihr Euer nicht genau definiertes Allzeit-Feindbild „Links" mit „Islamisten" gleichsetzt. Nein, die Verhältnisse werden völlig aufgehoben. Mit der AfD ist eine Partei erstarkt, die es in Sachen Demokratiefeindlichkeit und Verfassungsfeindlichkeit locker mit der NSDAP aufnehmen kann. Diese Partei gewinnt im Osten Wahlen mit 30 % und Ihr seid in jedem Satz so unfassbar vorsichtig, sie ja nicht zu erwähnen. Ihr seid so darauf fixiert, die Rechtsextremisten auf keinen Fall als die derzeit absolut stärkste Bedrohung unserer Verfassung, ja unseres Zusammenlebens überhaupt, anzusprechen – Ihr relativiert sie jedes einzelne Mal mit dem Satz „ja aaaaber aaaaauch die Linken!"

Leute, macht Euch mal klar, welches Problem wir hier haben! Wenn Ihr immer noch glaubt, mit solchen Sprüchen und Relativierungen könnte man Wählerstimmen von der AfD zur CSU ziehen, würde ich Euch echt mal einen Kurs empfehlen. „Wie komme ich raus aus meinen Tagträumen, zurück in die Realität?" Ich gebe das Seminar freiwillig bei eurem nächsten Parteitag!

Vielleicht kommen Sie besser doch nicht zur Weihnachtsfeier. Vermutlich zu gefährlich, wegen der ganzen „Linken".

Grüße

Kerstin Schweiger

Herr Aiwanger,

auf diesem Weg nur in aller Kürze:

Egal, wie viele Einladungskarten da im Landtag liegen.
Egal, wie sehr Ihr Ego es Ihnen einredet.

Keine davon ist für Sie.

(Kleiner Einwurf)

Rassen- und Völkerhaß zu entfachen ist verboten und strafbar.

Bayerische Verfassung, Artikel 119

Lieber Philipp Ruch,

im Jahr 2024 funktioniert diese ganze Sache nicht, ohne Ihnen eine dieser Einladungen zu schicken.

Meine geplante Weihnachtsfeier unter dem Motto „Fröhliche Weihnacht überall – funktioniert nur mit Toleranz, Offenheit, Vielfalt und Demokratie“ kann nur stattfinden, wenn der Mann dabei ist, der das wichtigste Buch des Jahres geschrieben hat.

In Ihrem Buch „Es ist 5 vor 1933“ steht alles, was wir wissen müssen. Jetzt müssten wir nur noch handeln, und zwar alle miteinander.

Danke!

Herzlichst,

Kerstin Schweiger

(Hinweis: Buchtitel: „Es ist 5 vor 1933: Was die AfD vorhat – und wie wir sie stoppen“, Autor: Philipp Ruch, erschienen im Ludwig Verlag)

Hallo Bild-Redaktion,

vor kurzem habe ich einen wundervollen Gastbeitrag auf der Plattform www.volksverpetzer.de gelesen. Sollte Euch dieser Name nichts sagen, habt ihr echt was verpasst. Wobei. An Eurer Stelle… Na ja, schwierig.

Jedenfalls handelte eben dieser wundervolle Beitrag davon, wie euer Verhältnis… also Euer „journalistisches" Verhältnis zu Robert Habeck im Vergleich zu Eurem „journalistischen" Verhältnis zu Björn Höcke ist. Und ja, es fällt mir furchtbar schwer, in Eurem Fall das Wort „journalistisch" zu gebrauchen, aber es ist für den Kontext wohl wichtig. Nun, grundsätzlich schaut es jetzt so aus, als wäre Euch der Höcke wesentlich lieber als Robert Habeck. Und das ist, gelinde gesagt, schon etwas befremdlich, oder? Was genau gibt Euch den Grund, einen Faschisten zu schonen, aber einen demokratischen Politiker niederzuschreiben?

Ach ja. Stimmt. Hass und Hetze verkaufen sich einfach besser.

Wie konnte ich nur kurz an Anstand und Moral denken, an die Wehrhaftigkeit der Demokratie und die immense Bedeutung von gutem, hochwertigem Journalismus zur Verteidigung eben dieser.

Aber mit dem Thema bin ich bei Euch wohl an der falschen Adresse.

Kerstin Schweiger

Ausländer, die unter Nichtbeachtung der in dieser Verfassung niedergelegten Grundrechte im Ausland verfolgt werden und nach Bayern geflüchtet sind, dürfen nicht ausgeliefert und ausgewiesen werden.

Bayerische Verfassung, Artikel 105

Sehr geehrte Frau Jutta Widmann,

letztens habe ich etwas Spannendes gelesen.

Sowohl die Süddeutsche Zeitung als auch die Zeit berichten, dass Sie bereits 2008, als die Freien Wähler in den bayerischen Landtag eingezogen sind, persönlich nachgeforscht haben, ob das „Flugblatt" und die zugehörige Geschichte Ihrem Chef HA noch Probleme bereiten werden.

Stimmt das?

Im Gesamtkontext wäre das ja durchaus spannend.

Kerstin Schweiger

Sehr geehrter Herr Karl Nehammer,

da ich für Österreicher echt was übrighabe (zugegeben, hauptsächlich wegen des Akzentes und der unfassbar leckeren Süßspeisen), möchte ich auch jemanden aus Österreich zu meiner geplanten Weihnachtsfeier einladen. Die Feier wird unter dem Motto „Fröhliche Weihnacht überall – funktioniert nur mit Toleranz, Offenheit, Vielfalt und Demokratie" stattfinden.

Und falls Sie jetzt Angst haben, Sie wären als hochrangiger Politiker unter schlechter – oder zumindest nicht gleicher – Gesellschaft, keine Angst! Was für Österreich die ÖVP ist, ist für Bayern die CSU, und von der habe ich einige Mitglieder eingeladen. Und ausgeladen. Na ja.

Nun apropos CSU. Eine Sache habe ich mich vorab noch gefragt. Was habt Ihr „Volksparteiler" eigentlich alle mit dem Essen? Seit wann spielt das so eine große Rolle – und wann habt Ihr den reellen Bezug dazu verloren? Markus Söder fotografiert seit Jahren jeden einzelnen Bissen und stellt ihn ins Internet, sein Höhepunkt war allerdings ein öffentliches Döneressen mit eigenem „Söder Kebab" T-Shirt und Verlosung der Teilnehmerplätze unter seinen Followern. Aber da haben Sie an Peinlichkeit sogar nochmal eins draufgesetzt.

Im September 2023 ging ein Video von Ihnen viral. Da haben Sie folgende geistreichen Sätze rausgelassen: „Was ist eigentlich mit den Eltern? Was heißt: Ein Kind bekommt keine warme Mahlzeit in Österreich? […] Wisst ihr, was die billigste warme Mahlzeit in Österreich ist? Sie ist nicht gesund, aber sie ist billig [...] Ein Hamburger bei McDonalds. 1,40 Euro. Wenn ich jetzt noch Pommes dazu kaufe – 3,50 Euro. Und jetzt behauptet wirklich einer ernsthaft, wir leben in einem Land, wo Eltern sich dieses Essen für ihr Kind nicht leisten können?"

Wow. Mehr Verachtung kann man als Politiker den Menschen kaum entgegenbringen.

Aber wissen Sie, was mich daran am meisten stört?

Jetzt, ein Jahr später, sind Sie immer noch mit der ÖVP bei der Nationalratswahl angetreten. Für Ihre menschenverachtenden Sätze gab es keine Konsequenzen. Keinen Rücktritt. Nichts. Nur immer mehr politische Macht.

Vielleicht kommen Sie besser doch nicht zu meiner Feier. Wenn Sie einen Hamburger einer Fast Food Kette für eine warme Mahlzeit halten, hätte es Ihnen hier sowieso nicht geschmeckt.

Gruß

Kerstin Schweiger

(Kleiner Einwurf)

Alle Menschen sind frei und gleich an Würde und Rechten geboren. Sie sind mit Vernunft und Gewissen begabt und sollen einander im Geist der Solidarität begegnen.

Allgemeine Erklärung der Menschenrechte, Artikel 1

Hallo Redakteur/innen und Mitwirkende von Welt-TV,

zu Eurer unfassbar großartigen Idee, ein TV-Duell zwischen Sarah Wagenknecht und Alice Weidel auszustrahlen kann man Euch wirklich nur eines sagen:

Wer in der aktuellen politischen Lage diesen Frauen bewusst eine solche Plattform gibt, und damit immer weiter zündelt, der oder die hat wohl überhaupt nicht begriffen, dass der Wald längst brennt und wir gut daran täten, die Wasserschläuche in die Hand zu nehmen.

Oder habt Ihr den Brand längst erkannt und zündelt trotzdem mit Freude weiter?

Kerstin Schweiger

Liebes Team von Volksverpetzer,

es bleibt mir nur, danke zu sagen für Eure Arbeit. Und das tue ich, in dem ich Euch zu meiner Weihnachtsfeier, unter dem Motto „Fröhliche Weihnacht überall – funktioniert nur mit Toleranz, Offenheit, Vielfalt und Demokratie“ einlade.

Je nach Anstandsverhalten der geladenen Gäste wird es für Euch entweder lustig oder interessant.

Mit den unterstützendsten Grüßen

Kerstin Schweiger

(Hinweis: www.volksverpetzer.de)

(Kleiner Einwurf)

Jeder Mensch hat das Recht auf Leben, Freiheit und Sicherheit der Person.

Allgemeine Erklärung der Menschenrechte, Artikel 3

Herr Merz,

wo fange ich bloß an?

Es gibt ungefähr eintausend Zitate von Ihnen, die ich Ihnen gerne mit einer jeweils fünfseitigen Abhandlung um die Ohren hauen möchte (natürlich im bildlichen, also schriftlichen Sinne, liebe Anwälte!).

Die Frage ist eher, wie viel Lebenszeit ich tatsächlich damit verschwenden möchte, da Sie mit Ihrer – wohl naturgegebenen – abwertenden und hochnäsigen Art offensichtlich sowieso immun gegen Kritik sind.

„Wir waren schon einmal 13 und 7 Jahre in der Opposition. Dieses Mal sind maximal 4 Jahre genug."

Ja wissen Sie. Sie waren halt auch schonmal 16 Jahre an der Regierung – and that was the start of this situation. Merkste selber, oder?

„Für ein Deutschland, auf das wir wieder stolz sein können."

Ey, warum nicht „für bezahlbare und regelmäßig verkehrende öffentliche Verkehrsmittel", „für eine sichere Rente", „für bessere Bezahlung in Jobs wie Kranken- und Altenpflege", warum nicht „für einen Kampf gegen Rechtsextremisten, die unsere Demokratie zerstören wollen".
Warum nur das leere Versprechen von einem fiktiven Stolz auf ein Land, in das wir alle einfach nur zufällig hinein geboren

wurden? Wohl, weil sich das viel leichter versprechen lässt und später nicht als „nicht eingelöstes“ Wahlversprechen nachgewiesen werden kann. Das ist fast schon billig, Herr Merz.

Das sind jetzt zwei Zitate von Ihrem Instagram-Account. Ansonsten kann ich da eigentlich nur Dinge über Migration und Hetzsprüche gegen die Ampel finden, die wiederzugeben mir wirklich zu blöd ist.

Von Ihrem überall bekannten „die kleinen Paschas“-Zitat und den ganzen anderen queerfeindlichen, frauenfeindlichen und ausländerfeindlichen Sprüchen fang ich gar nicht erst an. So viel Zeit ist nicht, ich habe noch eine ziemlich aufwendige Weihnachtsfeier zu organisieren. Und sollten Ihre ganzen bayerischen Kollegen nicht den Anstand haben abzusagen, wird das ganz schön viel Arbeit.

Da ich bei Ihnen davon ausginge, dass Sie trotz unserer... großen Differenzen kommen würden, melde ich mich auf diesem Weg eigentlich nur, um Sie explizit auszuladen. Das wäre mir wirklich wichtig, dass Sie nicht kommen.

Danke!

Kerstin Schweiger

Sehr geehrter Herr Robert Habeck,

vielleicht hat Ihnen Herr Scholz ja schon mitgeteilt, dass er eine ziemlich skurrile Einladung zu einer Weihnachtsfeier im bayerischen Hinterland bekommen hat. Nun, ich denke er wird aus verschiedensten Gründen eine Begleitung brauchen. Und da kommen Sie ins Spiel – Sie sind herzlich eingeladen!

Ach und… ganz nebenbei. Ich – und viele Leute, die mehr Ahnung davon haben – halten Sie für das größte politische Talent, das wir in Deutschland derzeit haben. Und jedes einzelne Mal kassieren wir für diesen Satz öffentlich ausgesprochen eine ziemliche Schelle. Denn viele andere wünschen Ihnen regelmäßig öffentlich den Tod, obwohl ich mich absolut nicht erinnern kann, dass Sie jemals in irgendeiner Form öffentlich aggressiv oder dumm agiert hätten. Alleine, dass Sie diesem mit Fackeln bewaffneten Mob, der Sie nicht mehr von einem Schiff runterlassen wollte, mit einem Gesprächsangebot begegnet sind, hat mich ziemlich beeindruckt.

Trotzdem wäre ich Ihnen und der kompletten Regierung dankbar, wenn Sie mal ein Kommunikationsseminar besuchen würden. Das würde der Stimmung wirklich helfen. Da sollten Sie dann auch Herrn Scholz mitnehmen.

Viele Grüße

Kerstin Schweiger

Alle Menschen sind vor dem Gesetz gleich und haben ohne Unterschied Anspruch auf gleichen Schutz durch das Gesetz. Alle haben Anspruch auf gleichen Schutz gegen jede Diskriminierung, die gegen diese Erklärung verstößt, und gegen jede Aufhetzung zu einer derartigen Diskriminierung.

Allgemeine Erklärung der Menschenrechte, Artikel 7

Liebe Teams der Seenotrettungsorganisationen,

es bleibt mir nur, danke zu sagen für Eure Arbeit. Und das tue ich, in dem ich Euch zu meiner Weihnachtsfeier, unter dem Motto „Fröhliche Weihnacht überall – funktioniert nur mit Toleranz, Offenheit, Vielfalt und Demokratie“ einlade.

Jeder und jede, die Euch auf dieser Feier als „Schleuser“ beschimpft, wird hochkant hinausgeworfen, versprochen.

Mit den unterstützendsten Grüßen

Kerstin Schweiger

(Hinweis: sea-eye.org // sea-watch.org)

Sehr geehrter Herr Dr. Markus Söder,

ein wenig überrascht wäre ich schon, wenn Sie dieser Brief erreicht. Denn – es muss ja hunderte (ja tausende!) Menschen geben, die Ihnen täglich schreiben.

Nun, mein Anliegen in diesem Schreiben mag Ihnen etwas seltsam erscheinen und auch das ist ein möglicher Grund, warum es vielleicht niemals bis zu Ihnen durchdringen wird. Da ich aber außer ein paar Minuten Lebenszeit (und die wird mir ansonsten von TikTok geraubt) und ein paar Cent fürs Papier nichts aufwenden muss, versuche ich es trotzdem.

Denn, ich schreibe Ihnen heute, weil ich Sie gerne zu meiner Weihnachtsfeier einladen möchte! Ich dachte mir, ein außergewöhnliches Jahr, mit solch krassen, politischen Zuständen, so viel Hass, Hetze und Gewalt, erfordert einen friedlichen Abschluss. Ich habe mir also überlegt, eine Weihnachtsfeier unter dem Motto „Fröhliche Weihnacht überall – funktioniert nur mit Toleranz, Offenheit, Vielfalt und Demokratie“ abzuhalten. Es wird ein großes Fest und Sie sind eingeladen.

Ich hoffe, ich überfalle Sie mit dieser Einladung nicht zu sehr. Denn ich weiß natürlich, in der Weihnachtszeit sind gerade für beliebte Politiker wie Sie sehr, sehr viele Termine zu bewältigen und eigentlich möchten Sie – wie alle anderen auch – eine „stade“ Zeit mit der Familie verbringen können. Aber… vielleicht können Sie sich der Wertigkeit der Einladung kurz bewusst werden. Denn, ich möchte Sie einladen, obwohl Sie all diese Dinge – Toleranz, Offenheit, Vielfalt und Demokratie – schon lange nicht mehr vertreten und verteidigen. Im Gegenteil, Sie treten genau diese Dinge regelmäßig mit Füßen. Aus Unwissen? Zu Ihrem Eigennutzen? In berechnender Art?

„Die Politik der Grünen ist nicht gut für Deutschland. Wenn man wie die Grünen das wirtschaftliche Leistungsherz Deutschlands schädigt, dann schädigt man das ganze Land."

Das war Ihr einziger Kommentar, nachdem im Thüringer Landtag Ende September die AfD mit ersten Probeläufen die Machtergreifung und den Umsturz probte. Ihr Feindbild bleiben einfach weiterhin die Grünen. Ihr ideologisches Grünen-Bashing übertrifft lange das, was Sie genau dieser Partei an „Ideologie" vorwerfen. Haben Sie einen persönlichen Hass auf diese Leute? Ich glaube das nicht. Ich glaube, Sie haben irgendwann bemerkt, dass das leichte Opfer sind. Und wie kann man die eigenen Anhänger besser radikalisieren, als mit einem gemeinsamen Feind. Welch Anstrengung wäre es für Sie, die AfD, die Nazis, die radikale Rechte als Feind auszumachen. Haben Sie eigentlich mal bedacht – und man sieht es bereits im Osten – in welche Koalitionszwänge, ja in welche politischen Abgrundkonstellationen die CDU/CSU uns mit diesen Aktionen führen?

Ich muss Ihnen vor der Erklärung vielleicht erstmal eine kleine Traumblase zerplatzen lassen. Die CSU wird bei den nächsten Wahlen keine Mehrheit über 50 % holen. Auch nicht die CDU im Bund. Sorry, ich hoffe, das trifft Sie nicht zu hart.

Dank einer wirklich furchtbar schlecht moderierten Ampel-Regierung (schlecht moderiert, nicht schlecht durchgeführt), wird die SPD so abrutschen, dass es wahrscheinlich auch nicht für SPD und CDU (CSU) reichen wird. Sie schließen die Grünen konsequent seit Monaten als jegliche Koalitionsoption aus. Die FDP wird es schwer haben überhaupt noch in irgendein Parlament zu kommen.

Was bleibt Ihnen übrig? Auf die Vegan-Partei werden Sie ja kaum spekulieren? In Bayern bleiben vielleicht die Freien Wähler – eine Farce, wie Sie sich nach dieser Flugblatt-Affäre an Herrn HA gekettet haben.

Aber was bleibt im Bund? Ach oh. Ja stimmt. BSW und – hoppla – AfD.

Der Demokratie wäre mehr geholfen, wenn Sie jedes Ihrer „die Grünen werden uns alle töten" Bildchen auf Instagram durch ein „Die AfD wird uns langsam und qualvoll niedermetzeln" Bildchen tauschen würden. Im Übrigen wäre dadurch auch vielen Menschen in Bayern geholfen, die sich auf kommunaler Ebene politisch engagieren. Die kriegen nämlich regelmäßig richtig eins in die Fresse (wörtlich), wegen dieser hirnlosen Hetze.

Aber, zurück zur Weihnachtsfeier. Ich wollte Sie ja auf meine Weihnachtsfeier einladen. Eines muss ich allerdings vorher sagen: Bitte fotografieren Sie nicht das Essen. Das wäre mir wirklich wichtig. Dieses „#söderisst"-Getue nervt ein bisschen, ehrlich gesagt. Das mag mal ein guter Running-Gag gewesen sein. Ja, man muss fast schon Respekt vor dieser Art Social Media Kampagne haben. Aber nur ein bisschen und der ist auch schon wieder weg. Denn – mittlerweile wird's ungut. Es merkt ja selbst der oder die Blödeste, dass Sie damit oft und gezielt in die Vegetarismus- / Veganismus- / Fleischernährungsdebatte schießen. Schießen und Sticheln, das liegt Ihnen ziemlich gut muss ich sagen.

Na ja, jedenfalls ist das so ein Thema. Sie sprechen so, so, so oft darüber, dass hier jeder essen darf, was er will und dass man sich nicht „zwangsveganisieren" lassen will und das ist… halt schon ziemlich populistisch. Niemand will irgendjemanden „zwangsveganisieren". Aber jeder halbwegs kluge Mensch erkennt, dass es nicht im Sinne der Schöpfung sein kann, dass wir alle 2,5 kg Schweinefleisch am Tag fressen, nur weil wir es können. Das ist saubeschissen fürs Klima, das ist saubeschissen für das Tierwohl, das ist saubeschissen für die Gesundheit. Dazu gibt es Fakten und Zahlen, wissenschaftliche Erkenntnisse und Studien.

Aber diese Zahlen ziehen halt nicht so sehr, wie ein voller Fleischteller, den man den Followern auf Instagram zum Fraß vorwirft.

Apropos #söderisst. Sie waren ja kürzlich in Ägypten. Da haben Sie auch so einen Fleischteller fotografiert und auf Instagram gepostet. Und Sie haben sich selbst fotografiert, wie Sie von einem Stück abbeißen. Kleiner Tipp: Mit Fleisch posiert man am besten nicht so, wie ein Model mit Sprühsahne. Gerade nicht, wenn man ein alter weißer Mann ist. Aber das nur nebenbei. Eigentlich hat mich an dem Post was anderes ziemlich aufgeregt. Nämlich der Untertext „…esse auch daheim sehr gern arabisch!"

Sie mögen aber nur das Essen mit Migrationshintergrund, oder? Bei den Menschen wird's schon schwierig. Um die müsste man sich ja kümmern. Weil ein paar Tage vorher stand auf Ihrer Instagram-Seite noch „Beim Thema #Migration erwarten wir von der Ampel Entscheidungen: Zurückweisungen sind zentral, genauso wie eine dauerhafte Änderung des Asylrechts.".

Auch Ihr Video mit
„Wir brauchen Zurückweisungen an den Grenzen! Damit würden wir die illegale #Migration in den Griff bekommen."
(Anfang September),

das andere Video mit
„Wir brauchen eine Migrationswende! Unser Land ist überfordert. Die Zahl der Asylbewerber muss auf deutlich unter 100.000 reduziert werden. #migration"
(Anfang September),

und das Video vom Gillamoos
„Wir müssen endlich die Migration begrenzen! #Gillamoos",

das Textbild von Ende August
„Wir müssen das Asylrecht ändern, es ist nicht mehr zeitgemäß",

das andere Textbild
„Wir brauchen eine konsequente Wende in der Migrationspolitik. Der Staat muss klare Kante zeigen.“,

und ein weiteres Video von Ende August „Das Thema #Migration überfordert mittlerweile unser Land. Es braucht jetzt eine Asylwende: Ein Integrationsgrenze, einen Aufnahme-Stopp für Menschen aus #Syrien und #Afghanistan sowie konsequente Rückführungen.“,

klingen alle gar nicht mehr so nach: „ich esse auch zu Hause gerne arabisch“, sondern eher nach: „Ich bin ein verzweifelter Populist, versuche, der AfD Stimmen wegzunehmen und bin naiv genug zu glauben, dass das mit Hetze gegen Menschen mit Migrationshintergrund funktioniert. Und das trage ich liebend gerne auf dem Rücken traumatisierter Schutzsuchender aus, in dem ich vorschlage, dass man diese Menschen zurück in Kriegsgebiete schickt, in denen sie dann gefoltert und getötet werden. Aber vielleicht können sie ein paar Rezepte hierlassen.“

GEHT’S EIGENTLICH NOCH?

Wie Sie sich das Thema Migration als maßgebend von den Rechtsextremisten haben diktieren lassen, ist einfach nur furchtbar, ich finde keine Worte mehr dafür.

Ach ja, Entschuldigung. Die Weihnachtsfeier. Ich müsste da noch auf was hinweisen. Bezüglich der Kleiderordnung. Also, ich bin da ja tolerant, aber. (Dieser Satz könnte übrigens direkt so im Parteiprogramm der CSU stehen.) Ihre Weihnachtspullover. Die machen mir ehrlich gesagt ein bisschen Angst. Das wäre gut, wenn Sie die zu Hause lassen. Und nein, Sie können vor Ort auch keinen davon verlosen! Das war auch wieder so eine Marketing-Strategie von Ihnen bei der ich mit großem Bedauern feststellen musste, dass sie unglaublich gut funktioniert. Es ist fast schon tragisch komisch, dass Ihnen diese Social Media Strategie so viel Beliebtheit einbringt, vor allem bei jungen Menschen, wie es Ihre Politik in 20 Jahren nicht schaffen wird. Bunte Weihnachtspullis mit Star-Wars Motiv verlosen und – die letzte Aktion war ja noch überragender (für Sie, ich habe nämlich in der Zeit viel geweint). Sie haben jetzt ein T-Shirt auf dem steht „Söder Kebab" – ich hab's sogar im Fanshop der CSU gesehen! Und da wusste ich ehrlich gesagt auch nicht, was mich jetzt fertiger macht. Dass es ein „Söder Kebab" T-Shirt gibt, oder dass es einen CSU-Fanshop gibt. Beides schlimm. Passend zu dem T-Shirt haben Sie online ein „Döneressen" mit Ihnen verlost und – vermutlich, weil die Nachfrage so groß war, haben Sie sich dann sogar an zwei Abenden mit vielen jungen Leuten zum Döneressen getroffen. Das Glück war auf Ihrer Seite an diesen Abenden! Zufällig waren alle Teilnehmer/innen sehr jung, sehr hübsch, gut gekleidet und wahnsinnig gut gelaunt, weil sie auf den Fotos (die zufällig marketingmäßig ziemlich gut und professionell gemacht sind), immer breit, fröhlich und sympathisch lachen und grinsen. Mensch – dann ist diese Generation wohl gar nicht so unsympathisch und unzufrieden, wie es ihr immer vorgeworfen wird.

Ich hatte übrigens einen tollen Gedanken, als ich dieses „Söder Kebab" T-Shirt gesehen habe. Es schaut ja wirklich aus, wie aus einem Döner-Laden. Ein weißes Shirt, und auf der linken Brust die rote Aufschrift und in rot gezeichnet der Mann mit Messer und Dönerspieß und Kochmütze. Irrsinnigerweise hatte mein Hirn nichts Besseres zu tun, als sich Franz Josef Strauß in diesem T-Shirt vorzustellen. Machen Sie das auch mal – gibt dem Ganzen noch viel mehr Reiz!

Jetzt habe ich – offensichtlich dank Ihrer wirkungsvollen Social Media Strategien – den Faden verloren. Eigentlich wollte ich Sie ja nur zur Weihnachtsfeier einladen und Ihnen sagen, was ich gerne dort nicht hätte, wovor ich aber Angst habe, dass Sie es mitbringen. Wir haben also abgehakt:

Grünenhass – daheim lassen,
Ausländerfeindlichkeit – daheim lassen,
ekelhafte Abschiebewünsche – daheim lassen,
Weihnachtspulli – daheim lassen,
Kebab T-Shirt – daheim lassen,
Essen – nicht fotografieren.

Und, ich will ja nicht aufdringlich sein, aber ein paar Sachen würden mir da dann noch einfallen, und wenn wir jetzt schon mal dabei sind...: Fangen Sie auf dieser Feier auf gar keinen Fall mit dem Thema Bürgergeld an. Sonst zerreißt es mich innerhalb von Sekunden. Ich meine – nach unten treten! Was ist das für eine ekelhafte Art? Das ist der erste Punkt, aber da hätte ich schon nochmal viel dazu zu sagen! Zum Beispiel: Ihr ewiges Gerede von „Das Bürgergeld ist so hoch, dass es sich kaum mehr lohnt zu arbeiten.“ (Ihre Aussage im September 2023 in der ARD). Jaja, blabla. Ich würde Ihnen einmal dringend raten, die Suchmaschine „Google“ zu benutzen. Und dann geben Sie da drei Worte ein (ich habe das extra für Sie selbst ausprobiert!):

Bürgergeld
Diskussion
Fakten

Und tataa, erhalten Sie folgenden Satz: (Quelle BR24 auf www.br.de):
Andreas Peichl, Leiter des ifo Zentrums für Makroökonomik und Befragungen sowie Professor für Volkswirtschaftslehre an der Ludwig-Maximilians-Universität in München, schreibt dem #Faktenfuchs: "Es gibt keine Konstellation, wo jemand, der arbeitet (und alle Transfers in Anspruch nimmt, die ihm zustehen), weniger hat als jemand, der nicht arbeitet."
Bei Deutschlandfunk.de wird auch er zitiert, mit dem Satz: „Die von manchen Politikern aufgestellte Behauptung, wer nur Sozialleistungen beziehe, bekomme netto mehr als ein Geringverdiener, ist schlicht falsch“

Ach – ups! Faktenchecks sind schon was Blödes, weil sie populistischen Quatsch immer sofort zunichtemachen.

Auch Ihre Behauptungen von den faulen Arbeitslosen, die ja ach so viel Geld kassieren und gar nicht arbeiten wollen. Dieses Feindbild existiert seit Jahrzehnten – und Sie sind immer noch dreist genug, es zu benutzen. Ich kann mich nur wiederholen: Nach unten treten ist widerwärtig. Fakten sagen nämlich (Quelle www.deutschlandfunk.de, einfach mal googlen), dass prozentual nur ein winzig, winzig, winzig geringer Anteil an Bürgergeldempfänge/innen das System tatsächlich missbraucht. Aber über diese winzigen Zahlen diskutieren Sie immer und hauptsächlich. Selbst wenn wir jedem dieser Totalverweigerer (zum Stand der Auswertung 16.000 Menschen) jetzt 10 € mehr im Monat geben würden wäre das immer noch weniger Geld, als Sie selbst im Jahr 2022 nach eigenen Angaben für Fotografen ausgegeben haben (179.000 €). Ja hoppla. Zahlen sind was Hässliches, oder? Aber ich kann es echt nicht mehr hören. Dieses Gerede vom ewigen Fleiß und Arbeit, Arbeit, Arbeit. „Es braucht eine geistige Wende und Besinnung auf die Tugenden, die unser Land stark gemacht haben: Mehr Leistung und Fleiß." Das haben Sie im Oktober auf Instagram gepostet.

Damit schlagen Sie jeder und jedem, die oder der täglich schuftet und schuftet, mit der Faust direkt ins Gesicht. Reicht es denn immer noch nicht, was wir tun? Offenbar nicht, offenbar ist der Ministerpräsident, der an 25 von 30 Tagen im Landtagsplenum gefehlt hat, wesentlich fleißiger als ein Großteil, der von ihm getadelten Bevölkerung.

Sie betreiben damit Populismus auf ganz üblem Niveau und Sie schüren Ängste und Hass bei den Menschen. Ein Irrglaube ist nämlich, dass man auf jeden Fall reich wird und finanziell abgesichert ist, wenn man nur viel arbeitet. Das ist absoluter Quatsch, alle Zahlen sprechen dagegen. Während man Überstunde um Überstunde schafft, springt vielleicht mal eine

Gehaltserhöhung raus. Die produktive Mehrleistung greifen der Chef und der Konzern allein zu ihren Gunsten ab. Tatsächlicher Reichtum bewegt sich nicht auf Lohnerhöhungen von 250 € brutto im Monat, alle zwei Jahre. Reichtum wird in den meisten Fällen ererbt. Und bewegt sich in Millionen und Milliardenhöhen. Beträge, die man mit reiner, normaler Arbeitsleistung sich selbst nicht erwirtschaften kann, selbst wenn man tausend Jahre arbeiten würde, das ist schlichtweg unmöglich.

Aber Sie haben es erfolgreich geschafft, den Menschen einzureden, dass Sie mit einem guten Grundlohn schon zu den reicheren Menschen gehören. Das geht sogar so weit, dass sich sehr viele Menschen betroffen fühlen, wenn man von der Erhöhung der Spitzensteuersatzes spricht, von Maximalvermögen oder Vermögenssteuer. Dabei wäre kaum jemand von diesen Menschen überhaupt ansatzweise betroffen. Die verdienen alle viel zu wenig dafür. Aber das ist ganz egal, oder? Wenn man den Menschen mal eingeredet hat, dass sie ganz oben dabei sind, kann man Ihnen noch viel leichter einreden, dass ganz viele andere ihnen etwas wegnehmen möchten. Womit wir wieder bei der Hetze gegen Menschen mit Migrationshintergrund und Bürgergeldempfänger/innen wären. Der Kreis hat sich geschlossen.

Und angesichts dessen, will ich vielleicht einfach doch gar nicht, dass Sie kommen.

Kerstin Schweiger

Immer noch Oktober 2024

Oh Mann.

Habe ich jetzt eigentlich auch jemanden eingeladen, oder alle direkt mit der Einladung wieder ausgeladen? Das ist alles irgendwie doch nicht so einfach. Nichts ist mehr einfach, oder? Und darüber zu reden ist noch viel schwieriger. Denn, eigentlich wissen wir es doch. Eigentlich wurde alles Wichtige nämlich schon ganz, ganz oft gesagt. Und deshalb wissen wir eigentlich auch ganz genau Bescheid.

Die Frage ist, warum machen wir denn trotzdem nichts?

Na gut. „wir" und „nichts machen" ist vielleicht übertrieben. Viele einzelne Menschen tun gute Dinge. Sie sind engagiert, sie sind aktivistisch, sie begeben sich für ihre Sache in Gefahr, versuchen aufzuklären, andere mitzureißen. Aber es reicht trotzdem nicht. Warum? Weil der Rest irgendwie dann doch… nicht mitzieht? Nicht will? Zu faul? Zu eitel? Zu unaufgeklärt?

Keine Ahnung.

Und das, meine Damen und Herren, ist der Kern des Problems.

Er heißt „keine Ahnung".

Keine Ahnung, warum wir nichts machen. Keine Ahnung, warum wir immer noch nur zuschauen. Keine Ahnung, ob es nicht schon zu spät ist.

Es ist jetzt Oktober 2024. Vor einigen Monaten waren in Hamburg 250.000 Menschen auf der Straße, um gegen Rechtsextremismus und Faschismus zu demonstrieren, nachdem Berichte über eine „Konferenz" auftauchten, bei der die Teilnehmer/innen, welche sich unter anderem aus AfD-Funktionär/innen und anderen Nazis zusammensetzten, Massendeportationen planten. Man muss es eigentlich anders sagen. Bei der in Deutschland wieder Massendeportationen geplant wurden. Nicht einmal hundert Jahre nach dem letzten Mal. Die Bilder der Demonstrationen waren beeindruckend – und ein paar Monate später scheinen sie trotzdem komplett aus dem deutschen Gedächtnis gestrichen worden zu sein. Denn was wir jetzt erleben, ist ein Wettkampf in der sogenannten „Migrationsdebatte". Alle reden über Migration, weil sie glauben, sie können der AfD, die in diesem Herbst in Sachsen und Thüringen erstmals historische Erfolge feierte, damit die Wählerstimmen wieder wegnehmen.

Was für ein Quatsch. Aber auch das wissen wir ja. Dass das Quatsch ist und dass es nicht funktionieren wird. Dass am Ende immer „das Original" gewählt wird. Es ist ja eigentlich nur noch ermüdend, immer und immer wieder alles zu wiederholen.

Warum wurde die AfD so stark? Warum biedern sich die konservativen Parteien so sehr an? Ist es überhaupt noch zeitgemäß, die Kanzlerfrage an Männer zu stellen, die völlig aus der Gesellschaft, aus den gesellschaftlichen Themen und aus den maßgebenden Generationen gefallen sind? Was tragen die sozialen Medien bei? Was trägt der Journalismus bei? Alle diese Fragen wurden – inklusive Antworten – mittlerweile hundertfach publiziert. In unzähligen, unzählbaren Faktenchecks können wir nachlesen, dass die AfD (und vorrangig auch die konservativen Parteien) Lügen verbreiten, falsche Zahlen über Geflüchtete angeblich „zitieren", die großen Probleme völlig umgehen, weil sie keine Lösungen haben (Stichwort Klima) und weil sie glauben, dass sie das reelle Angehen dieser Probleme Wählerstimmen kosten wird. Wählerstimmen gegen das Überleben der Menschheit. Das ist mal eine Rechnung – unfassbar.

Wir wissen das, wir wissen das, wir wissen das. Und gerade die, die dann solche Texte tatsächlich lesen, die wissen das. Und trotzdem ist die Lage – um bei höflichen Ausdrücken zu bleiben – ziemlich beschissen. Neben all unserem Wissen über die aktuelle Situation wissen wir insgeheim nämlich auch, wie das Ganze ausgehen wird. Und es wird genauso oder noch viel schlimmer ausgehen, wie wir es uns vorstellen – nämlich ganz katastrophal für die Menschen, es wird enden in Gewalt, Krieg, Unterdrückung und Angst, wenn wir weiterhin wissen, aber nicht handeln.

Jedes Format ist bereits ausgeschöpft, jeder Text geschrieben, jeder Satz in jeder Talkshow gesprochen, jede ergreifende Rede gehalten, jeder Fakt nachgewiesen. Was sollen wir dann noch machen? Wer hat überhaupt die Macht, die Kraft und die

Reichweite, etwas zu verändern? Die Politik. Sollen wir dann jetzt alle Politiker/innen werden? Bitte nicht. Sollen wir versuchen, die aktuellen Politiker/innen wieder wachzurütteln? Vielleicht. Wird das klappen? Wohl eher nicht.

Denn es ist ja bereits versucht worden – sehr oft! Bücher, Petitionen, Zeitungsartikel, Blogartikel, Instagramposts haben z. B. mehrfach versucht, Olaf Scholz dazu zu bewegen, ein AfD-Verbotsverfahren einzuleiten.

OUH!
AfD-Verbot.
Schwieriges Thema.

Man denkt ja immer, man müsste mit mindestens 70 % noch zu der Mehrheit gehören, die die AfD für eine rechtsradikale, demokratiegefährdende, völlig untragbare Partei hält. Glaubt man. Kommt man dann mal mit fremden Menschen ins Gespräch, wird das ja immer mehr und immer schneller politisch. War das eigentlich schon immer so oder kommt mir das nur so vor? Na ja, jedenfalls, kommt man dann während dieses politischen Gesprächs auf die AfD und sagt dann ziemlich selbstbewusst und naiv sowas wie „Die AfD muss verboten werden" erntet man anstatt Beifall eher – böse Blicke. „Nein, man muss sich mit denen auseinandersetzen!" „Man muss sie regieren lassen, die entzaubern sich selbst" Ein paar Verrückte fordern gar, Höcke zum Kanzler zu machen, dann würden schon alle sehen, dass er in Regierungsverantwortung nichts taugt. Und das, obwohl wir wissen, dass dieselben Sätze damals durch Schleicher und von Papen über Adolf Hitler gesagt wurden. Was daraus geworden ist, wissen wir alle. Nur kurz, nachdem man Hitler regieren ließ, weil man ihn ja „dann im Griff hat", war der halbe Staatsapparat bereits zersetzt, es gab keine Chance mehr, ihn zu stoppen, Gegner waren da bereits in Lebensgefahr.

Wir wissen das, es steht in hunderten von Publikationen, es ist bekannt, bekannt, bekannt.

Und die Menschen plädieren trotzdem dafür, denselben Fehler wieder zu machen? Wieso? Ist Rechtsextremismus nur was fürs Kurzzeitgedächtnis? Haben wir für Millionen Tote keinen Platz mehr im Langzeitgedächtnis? Oder glauben wir in unserer Überheblichkeit, uns als supermoderne Menschen könne das einfach nicht mehr passieren? Sind wir gefeit durch Modernität? Durch die bloße Erfahrung?

Was für ein Quatsch.

Ausgleichend zu unserem schlechten Gedächtnis in Bezug auf Nazis haben wir einen Gehirnteil, der ziemlich gut - und in den letzten 20 Jahren sogar stark verbessert – funktioniert, zumindest im Mitteleuropäischen Raum. Und zwar der Teil, der für Verdrängung zuständig ist. Den haben wir richtig hart auftrainiert.

Ich kann mich noch erinnern, dass wir damals in der Schule den Film „Eine unbequeme Wahrheit" geschaut haben. Der Film beschrieb die irren Ausschläge im Klima, er zeigte den menschengemachten Klimawandel auf, wie rasant wir ihn vorantreiben und welch katastrophale Folgen er haben wird. Dieser Film erschien 2006, das ist fast zwanzig Jahre her. Und das Thema war zu diesem Zeitpunkt ja auch nicht neu. Trotzdem, jetzt, zwanzig Jahre später haben wir immer noch keine weitreichenden Maßnahmen geplant. Der Markt wird das schon regeln. Irgendwann wird jemand eine Maschine erfinden, die den Klimawandel einfach so einsaugt, einfach so verhindert, auswäscht, zerlasert oder so ähnlich. Vielleicht reicht ja ein riesengroßer Eiswürfel?

Was für ein Quatsch.

Wir wissen alle haargenau, dass dieser Klimawandel erstens unser physisches Ende wird, oder zumindest das unserer Kinder, Enkel, Urenkel. Je nachdem wie lange wir durchhalten können. Wir wissen aber auch ganz genau – und ja, jeder weiß es, es ist unzählig publiziert, geschrieben, besprochen und bewiesen worden – dass dieser Klimawandel alles verstärken wird, was gerade jetzt im Moment die Wähler/innen in die Arme der Rechtsextremisten treibt. Zu eben diesen Rechtsextremisten, die absolut keinen Willen zeigen, den menschengemachten Klimawandel überhaupt anzuerkennen, geschweige denn, zu bekämpfen.

Der Klimawandel wird Gegenden dieser Erde unbewohnbar machen. Entweder durch übergroße Hitze, die man als Mensch nicht überleben kann und in der keine Nahrung mehr wächst. Oder durch Überschwemmungen – die man als Mensch logischerweise ebenfalls nicht überleben kann. Wir wissen das. Es gibt hunderte Modelle und Berechnungen, welche Gegenden es treffen wird und wie die Bedingungen dort sein werden. Wir wissen das, und wir wissen als logische Konsequenz auch, dass sich die Menschen in diesen, dann unbewohnbaren Gebieten zur Flucht aufmachen werden, ja aufmachen müssen. Wir wissen also, dass unser jetziges (Wahl-)Verhalten unsere Ignoranz gegenüber diesem gewaltigen Problem alle anderen Probleme um ein hundertfaches Verschlimmern wird. Fluchtbewegung, sinkender Wohlstand, mehr Menschen auf weniger Raum, Nahrungsmittelknappheit, Überschwemmungen, Stürme, Dürren, Naturkatastrophen.

Wir wissen es. Und wir ignorieren es konsequent.

Vielleicht können wir uns jetzt endlich einmal einigen darauf, was wir haben wollen, was wir unbedingt behalten wollen, was wir retten wollen, vor den Faschisten, vor den Rechtsextremen, vor den Demokratiefeinden und den Menschenhassern, vor den Zerstörern dieser Gesellschaft, den Hetzern und Hassern. Und darauf, was wir uns vielleicht einfach nicht mehr leisten können.

Vielleicht schaffen wir das doch noch.

Zu utopisch?
Zu romantisch?

Ach, dafür ist die Weihnachtszeit doch da.